おとのさま、でんしゃにのる

中川ひろたか・作　田中六大・絵

ここは、おしろの天《てん》しゅかく。

「あれはなんじゃ、さんだゆう」

おとのさまが、そうがんきょうをのぞきながら、けらいのさんだゆうに聞《き》きました。

「は？　ああ、あれは
でんしゃというもので
ございます」
「なに、でんしゃ？」

「一度《いちど》にたくさんの人《ひと》をのせることのできる、のりものですな」

「ほう、一度《いちど》にたくさん。わしは、あれにのりたい」

「またそんな、おとのさま……」

二人《ふたり》は、さっそくおしろの門《もん》を出《で》て、えきにむかいました。

日用品雑貨中川商店
たなか

「おう、人《ひと》がいっぱいおるのう」

「ただいま、しゅっきん時間《じかん》でございますので」

「カニか？」

「なんで、カニなんですか？」

「ちょっきん」

「いや、ちょっきんじゃなくて、しゅっきん。会社《かいしゃ》とかにおしごとに行《い》くのです」

「朝早《あさはや》くから、ごくろうさまじゃな」
おとのさまは、人《ひと》のすすむほうに行《い》きました。
かいさつぐちです。

一人《ひとり》のサラリーマンの
あとについていきますが、
おとのさまが通《とお》ろうとしても、
とびらがあきません。
「こら、おっさん、
なにしてんのや」
うしろの人《ひと》が、
おこって言《い》いました。

「なに？　おっさん？　こら、ぶれいもの」

と、ふりかえると、たくさんの人《ひと》がにらんでいます。

「早《はや》くどいてくれよ」

さんだゆうはあわてて、おとのさまをつれて、わきににげました。

「でんしゃにのるときは、きっぷかカードを買《か》わなければなりません」

「きっぷ？」

「そうです。ああ、あそこが、きっぷ売《う》り場《ば》ですな。買《か》いにいきましょう」

二人《ふたり》は、きっぷ売《う》り場《ば》へむかいました。

「これが、けんばいき。お金《かね》をここに入《い》れると、きっぷが出《で》てくるというしかけですな」

「お金《かね》がもったいないな」
「いえ、それではでんしゃにのれませぬ」
「そか」
さんだゆうは、お金《かね》を
けんばいきに入《い》れました。
「お！　ついた、ついた」
お金《かね》を入《い》れたとたん、
いろんなボタンに
あかりがつきました。
「ほほう、きれいじゃな」

「きれいじゃな、
じゃありません。
あ、そうそう、
どこまで行《い》くのか、
きめなくてはいけません」
「どこに行《い》こう」
「では、近《ちか》いところで、
『公園前《こうえんまえ》』というえきがございます。そこまで買《か》いましょう」
さんだゆうはボタンをおして、きっぷを二《に》まい買《か》いました。

さっきのじどうかいさつきです。

「まず、わたしが
やってみましょう」

ピュッ！
ガッチャン！

とびらがあいて、
さんだゆうは中《なか》に
入《はい》っていきました。

つぎはおとのさま。

ピュッ!

おとのさまがきっぷを
入《い》れても、おとのさまの
とびらがあきません。
なんと、となりの
とびらがあいてしまいました。
おとのさまは、きっぷを

となりの口《くち》に入《い》れてしまったのです。
「なんで、左《ひだり》のほうに入《い》れたんですか」
さんだゆうが言《い》いました。
「いや、となりの人《ひと》と同《おな》じところに
入《い》れただけじゃが」
おとのさまが頭《あたま》をかきかき、
答《こた》えていると、
「早《はや》くしろよぉ」
また、ほかのおきゃくさんに
しかられてしまいました。

さんだゆうが、えきいんにじじょうを話《はな》すと、えきいんはきかいをあけて、おとのさまのきっぷをとりだしました。

かいさつぐちを通《とお》ると、おとのさまは走《はし》っていって、

「さぁ、のろう！　のろう！」

ホームの前《まえ》のほうに行《い》くと、
「ちょっと、おじさん。
わりこみは、やめてください。
ちゃんとならぶ！
そんなのじょうしきでしょ」
おとのさまはまた、
しかられてしまいました。

「ならぶってなんじゃ、さんだゆう。おならぶーって、
くさいのか」
「おならぶーじゃありません。ならぶ。
じゅんばんということです」
「じゅんばん？」
見《み》ると、ずらーっと人《ひと》がならんで、
でんしゃをまっています。

おとのさまとさんだゆうは、
れつの一番《いちばん》うしろにつきました。
やがて、ホームにガタンガタン、
すごい音《おと》を立《た》てて、でんしゃがやってきました。
「大《おお》きいのう、さんだゆう。おしろから見《み》たときは、
小《ちい》さかったのに。こんなに大《おお》きいのか」
おとのさまは、びっくり。

でんしゃがホームにつくと、
ドアがあいて、
中《なか》からおきゃくさんが、
どどっとおりてきました。
「ひゃー！　こりゃたまらん」
おとのさまとさんだゆうは、
こんなにたくさんの人《ひと》を
見《み》たことがありません。
人《ひと》のながれにおされて、
気《き》がつくと、さっきの

かいさつぐちでした。
「うわっ、つれて
こられちゃったよ」
でんしゃのほうを見《み》ると、
さっきまっていた人《ひと》が、
どんどんのりこんでいきます。
あわててかけつけましたが、
ようきな音楽《おんがく》が鳴《な》って、
でんしゃのドアが
プシューッとしまってしまいました。

「ああん」
「つぎのにいたしましょう」
二人《ふたり》は、つぎのでんしゃを
まつことにしました。
やがて、でんしゃが
やってきて、こんどは
一番《いちばん》にのることが
できました。
おとのさまは、大《おお》よろこび。

「これはなんだ」
「つりかわともうします。
立《た》ってる人《ひと》がこれにつかまるのです。
でんしゃはゆれてあぶないので、
これがあると安心《あんしん》です」
と、さんだゆうが言《い》って、おとのさまを見《み》ると、

おとのさまは、まるでさるのように、つりかわを
わたっています。

「おとのさま」

「楽《たの》しいぞ、さんだゆう」

「いけません、おとのさま。
そのようなことをしていたら、
ほかのおきゃくさんの
めいわくになります」
「なにを言《い》う、わしはとのさまじゃぞ」
「とのさまがそのようなことをしては、
かえってみっともないのです。
おとなしくしてくだされ」
と、さんだゆうが言《い》いかけましたが、
そこにおとのさまがいません。

「との、との！　どこに行《い》かれましたか」

「これ、さんだゆう。
そう、大声《おおごえ》を出《だ》していたら
うるさくてねられんじゃないか」

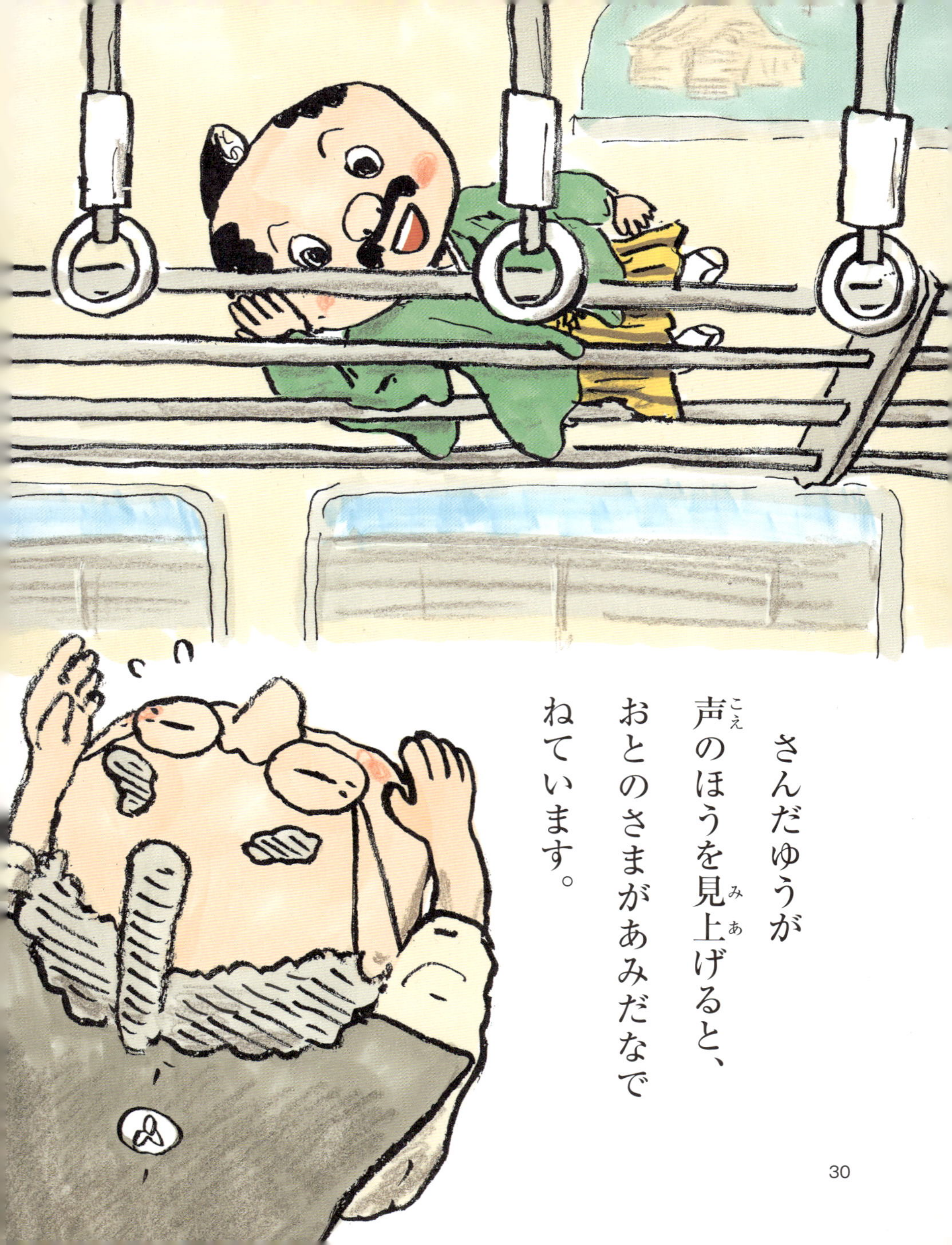

さんだゆうが
声《こえ》のほうを見上《みあ》げると、
おとのさまがあみだなで
ねています。

「との」

「なんじゃ」

「そこはベッドじゃありません。にもつをのせるところでございます。早《はや》くおりてきてください」

「うーん、高《たか》すぎておりられない」

「まったく」

「ちょっと肩《かた》をかしてくれ」

おとのさまは、さんだゆうに
肩車《かたぐるま》をしてもらって、
ぶじにおりることができました。

「さぁ、すわってください」
「ここか」

「どこにすわっているのですか。
そこはゆかでございます。このいすにすわるのです」

「これは、いすなのか。こんなに長《なが》いいすは、はじめてみたぞ。でんしゃって、おもしろいなぁ」
「さ、おかけください」
おとのさまはぞうりをぬいで、まどにむかってすわりました。

「そんな。それじゃまるで子《こ》どもですぞ」

「子《こ》どもだと。どこが子《こ》どもなんじゃ」

「もう、ほとんど子《こ》どもです」

そのとき、音楽《おんがく》が鳴《な》って
ドアがプシューッと
しまりました。
いよいよ出発《しゅっぱつ》です。
ガッタン！
「うわー！
うごいた、うごいた！」
「そんなこと、
いまどき、子《こ》どもでも
言《い》いません」

おとのさまは、まどから見《み》えるけしきに大《おお》さわぎです。
「うわー、家《いえ》がとんでいく。
ビルもじゃ、人《ひと》も、木《き》も、うわー、あぶないぞ～」
「だいじょうぶです。うごいているのは、でんしゃのほうですから」

見上《みあ》げると、空《そら》におひさまがてっています。

「おいおい、おひさまったら、どうやらわしのことがすきみたいじゃぞ。ずっとついてくる」

「ははは、そうですか。それは、ようございました」

でんしゃがえきにつきました。
「お、おひさまも止《と》まった。
わしから、はなれたく
ないんじゃな」
でんしゃがゆっくり
走《はし》りだすと、おひさまも
ゆっくりついてきます。
どんどんスピードを
上《あ》げていくと、
おひさまも、ひっしでついてきます。

「おもしろいのう、さんだゆう」

見《み》ると、さんだゆうはグーグーねています。

「さんだゆう、ねるやつがあるか。

でも、でんしゃって楽《たの》しいな」

でんしゃはつぎのえき「公園前《こうえんまえ》」につきましたが、さんだゆうは、まだねています。

おとのさまは、おりるえきのことなんか、すっかりわすれていたものですから、二人《ふたり》はおりずに、そのままでんしゃにのりつづけました。


外《そと》では、じてんしゃにのっている人《ひと》が手《て》をふっています。

それを見《み》て、おとのさまはいいことを思《おも》いつきました。

「わし、このでんしゃをうんてんしたい！」

さんだゆうは、まだねています。

「さんだゆうに言《い》うと、なにを言《い》われるか、わからんからの」

おとのさまは、そうっといすからおりると、すたすたとでんしゃの一番前《いちばんまえ》に行《い》きました。

そこには、レバーをにぎってうんてんちゅうの、うんてんしがいます。

「かっこいいなぁ」

おとのさまは、そうつぶやくと、ガラスの戸《と》をドンドン

とたたきました。

でんしゃがえきにつき、
うんてんしがドアをあけて、
「なんですか、おきゃくさん」
と、おとのさまに言《い》いました。
「わし、うんてんしたい」
「いや、それはむりです。
うんてんするには、めんきょが
ひつようですし、だいいち、
そんなこと、きゅうに
できるわけないじゃないですか」

「わしは、じてんしゃの
うんてんだって、できるのじゃぞ」
「じてんしゃとでんしゃは、
言葉《ことば》はにていますが、
ぜんぜんちがいます。
では、しつれい」
うんてんしは、
ドアをしめて、
うんてんだいにつきました。
「もう！　ほんとにしつれいしちゃうな」

そのとき、
「ドアがしまりま～す。つぎは、かっぱ川《がわ》。つぎは、かっぱ川《がわ》」
でんしゃの上《うえ》のほうから、男《おとこ》の人《ひと》の声《こえ》が聞《き》こえました。
「だれじゃ。さっきから、だれがしゃべっているのじゃ」

「しゃしょうさんですよ、おとのさま」

となりにいた女《おんな》の人《ひと》が、教《おし》えてくれました。

「しゃちょう？　えらいのか」

「しゃしょうじゃありません。しゃしょうさん。一番《いちばん》うしろにのってますから、行《い》ってみると会《あ》えますよ」

「ほうか」

おとのさまは、言《い》われたとおり、
うしろのほうに歩《ある》いていきました。
とちゅう、さっきのせきで、
まださんだゆうは、ねています。

一番《いちばん》うしろに、しゃしょうは、いました。

「しゃしょうさん、しゃしょうさん」

ドアをたたくと、しゃしょうが出《で》てきました。

「これはこれは、おとのさま。なにかご用《よう》ですか」

「さっきしゃべってたのは、そちか」

「はぁ、わたしですが」

「わしも、あれをやってみたい。やらしてくだされ。おねがいじゃ。このとおり」

おとのさまは、ふかぶか頭《あたま》を下《さ》げながら、

「なんなら、このちょんまげをさわらせてあげてもよいぞ」

「いえ、けっこうです。でも、おとのさまのたのみとあらば、いたしかたありません。一回《いっかい》だけですよ。では、どうぞ、へやに入《はい》ってください」


「ほほう、せまいのう。で、なんとしゃべったらよいのじゃ」

「『つぎは、しゅうてん、おしろ』と、言《い》ってください」

「わかった。では、言《い》うぞ」

　おとのさまは、トントンとマイクをたたくと、

「あ～、みなのもの……」

「おとのさま、それではちょっと、えらそうかと」

「なにをもうす。おとのさまがえらくて、なにがわるい」
「いえ、みなさん、おきゃくさんなので、えらそうにしては
いけません」

「そうか。では、言《い》うぞ。
みなさん、元気《げんき》ですか〜。
わしは元気《げんき》です〜。
とつぜんですが〜、
つぎは、おしろ〜。
おしりは、うしろ〜。
つぎは、おしろ〜、
おしろ〜、おしろ〜」

その声《こえ》で、さんだゆうは目《め》をさましました。
「は！　あの声《こえ》は、おとのさま。
しかも、おしろですと？」
さんだゆうは、大《おお》いそぎで、しゃしょうしつまで走《はし》って
いきました。
そこには、ニコニコとうれしそうに手《て》をふっている、
おとのさまがいました。

「との。そんなところで、なにをしておられるのですか」

「ん？　しゃしょうさんじゃ。わしの声《こえ》、聞《き》こえたか？　いい声《こえ》じゃったろう」

「なにを言《い》ってますか。さ、おりましょう」

「ええっ！　もう、おりるの？　いやだなあ。だけどさぁ、さんだゆう。わしら、おしろっていうところからのったよね。けっこうのったと思《おも》うんじゃが、まだおしろだったんだね」

「いえ、われわれは、一《いっ》しゅうして元《もと》にもどってきたのです。このでんしゃは〝かんじょうせん〟といって、大《おお》きな丸《まる》の上《うえ》を走《はし》っているのでございます」

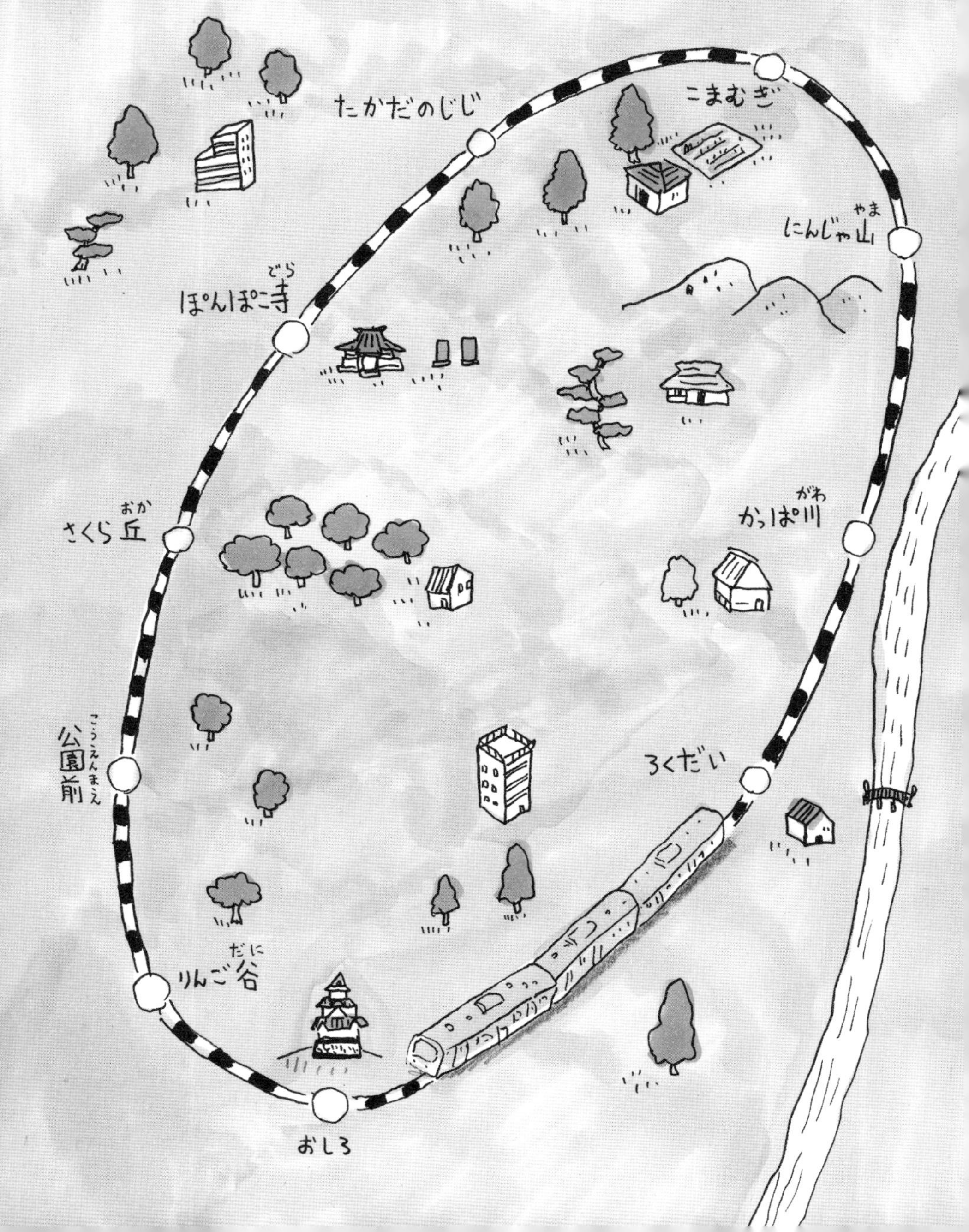
たかだのじじ
こまむぎ
にんじゃ山《やま》
ぽんぽこ寺《でら》
さくら丘《おか》
かっぱ川《がわ》
公園前《こうえんまえ》
ろくだい
りんご谷《だに》
おしろ

「ほんとか、さんだゆう。大《おお》きな丸《まる》の道《みち》を走《はし》ったから、元《もと》にもどったと。そんな道《みち》があるものか。道《みち》は、たいてい先《さき》にのびておるもんじゃ。いつの間《ま》にか、ふりだしにもどっているなんて、すごろくだってありゃしない。おかしいぞ」

「でも、そうなんですから、しかたありません。さ、おりますぞ。きっぷを出《だ》してくだされ」

「きっぷ？」

「きっぷを出《だ》さないと、えきから出《で》られませんぞ」

「え？　きっぷなんて、もってないよ」

「ええっ！　それじゃ、ずっとえきの中《なか》でくらすしかありませんぞ。さがしてください」

おとのさまはホームで、
一《いち》まい一《いち》まい、
きものをぬいで
さがしましたが、
きっぷは出《で》てきません。
ふんどし一《ひと》つになった
ところで、おとのさまは
思《おも》いだしました。

「あれ？　まてよ。
そうそう、思《おも》いだした。
わし、きっぷは
ごみばこにすてたんじゃ。
でんしゃにのるときに
もういらないと思《おも》って、
ごみばこにすてたんだった」
「どこのごみばこですか？」

おとのさまは、
走《はし》ってごみばこにむかいました。
「ほら、あった。あった」
ごみばこの中《なか》に、おとのさまが
すてたきっぷがありました。

「ということは、
ほんとに、のってきたえきに
もどったってことなんだね。
ふしぎなことよのう」
「でも、きっぷが見《み》つかって
よかったです。
さぁ、出《で》ましょう」

二人《ふたり》は、きっぷをかいさつきに入《い》れて出《で》ようとしましたが、とびらがあきません。
ピンポーンと、音《おと》が鳴《な》って、
えきいんさんがとんできました。

「どうなさいましたか」

「いや、じつは、公園前《こうえんまえ》でおりるよていだったんですが、ねすごしてしまいまして、一回《ひとまわ》りしてしまったんです」

「わしはおきてたんだよ。さんだゆうのやつが、グーグーねておって」

「で、この場合《ばあい》、どうしたらいいですか？」

「そうですねえ。おとのさまとはいえ、ここはきまりどおり、一《いっ》しゅう分《ぶん》の料金《りょうきん》をいただきます。よろしいですか？」

「もちろんです」と、さんだゆうが追加《ついか》のお金《かね》をはらうと、えきいんさんは、二人《ふたり》を通《とお》してくれました。

「との、いかがでしたか、
はじめてのでんしゃは」
「大《おお》きな丸《まる》の道《みち》を走《はし》ったから、
今《いま》になって目《め》が回《まわ》ってきた」
「うそばっかり」
二人《ふたり》は、わらいながら
おしろに帰《かえ》っていきました。

中川ひろたか（なかがわ　ひろたか）

1954年生まれ。シンガーソング絵本ライター。保育士として5年間の保育園勤務ののち、バンド「トラや帽子店」リーダーとして活躍。1995年『さつまのおいも』（童心社）で絵本デビュー。歌に『みんなともだち』『世界中のこどもたちが』ほか。作品に、自叙伝『中川ひろたかグラフィティ』（旬報社）、詩集『あいうえおのうた』（のら書店）、絵本『ともだちになろうよ』（アリス館）、幼年童話『おでんおんせんにいく』「おとのさま」シリーズ（佼成出版社）ほか多数。

田中六大（たなか　ろくだい）

1980年東京生まれ。漫画家・イラストレーター。多摩美術大学大学院修了。「あとさき塾」で絵本創作を学ぶ。『ひらけ！なんきんまめ』（小峰書店）のさし絵でデビュー。絵本の絵に『だいくのたこ8さん』（くもん出版）、『ねこやのみいちゃん』（アリス館）、『おすしですし！』（あかね書房）『しょうがっこうへいこう』（講談社）、童話のさし絵に「日曜日」シリーズ（講談社）、「おとのさま」シリーズ（佼成出版社）、漫画の作品に『クッキー缶の街めぐり』（青林工藝舎）がある。

おはなしみーつけた！シリーズ

おとのさま、でんしゃにのる

2013年11月30日　第1刷発行
2018年 9 月10日　第2刷発行

作　中川ひろたか
絵　田中六大
発行者　水野博文
発行所　株式会社 佼成出版社
〒166-8535 東京都杉並区和田 2-7-1
電話（販売）03-5385-2323
（編集）03-5385-2324
URL http://www.kosei-shuppan.co.jp/
印刷所　株式会社 精興社
製本所　株式会社 若林製本工場
装　丁　津久井香乃古（エジソン）

ISBN978-4-333-02626-5 C8393 NDC913/64P/20cm

右《みぎ》と左《ひだり》の絵《え》で5つ、ちがうところがあるよ！